Para Jaic,
que nunca olvide que
estamos hechos de
historias.

Esta obra ha sido publicada con la ayuda de la Dirección General del Libro, Archivos y Bibliotecas del Ministerio de Educación, Cultura y Deporte.

EL BARCO DE VAPOR

CP

Las historias perdidas

Jordi Sierra i Fabra

Gala Palavicini

Primera edición: agosto 2000
Cuarta edición: noviembre 2005

Dirección editorial: Elsa Aguiar

Ilustraciones y cubierta: Victòria Tubau
www.sierraifabra.com

© Jordi Sierra i Fabra, 2000
© Ediciones SM, 2000
   Impresores, 15
   Urbanización Prado del Espino
   28660 Boadilla del Monte (Madrid)
   www.grupo-sm.com

CENTRO INTEGRAL DE ATENCIÓN AL CLIENTE
Tel.: 902 12 13 23
Fax: 902 24 12 22
e-mail: clientes@grupo-sm.com

ISBN: 84-348-7299-4
Depósito legal: M-38940-2005
Impreso en España / *Printed in Spain*
Gohegraf Industrias Gráficas, SL - Casarrubuelos (Madrid)

PRÓLOGO

Ashmayd

De cómo quisiera introducir la historia

LA leyenda de Ashmayd pertenece al desierto.

De la misma forma que el desierto pertenece al sol.

Y el sol, al universo.

¿Y quién era Ashmayd?

Según unos, un nómada; según otros, un espíritu libre que vagó por las arenas ardientes en tiempos inmemoriales; según los más, el producto de las muchas historias contadas por los viajeros de las caravanas en su largo periplo a través de las dunas.

Pero, sea como sea, llegó a estar vivo durante años, muchos años.

Tal vez siglos.

Así que cuando se asegura que Ashmayd cambió la historia del Viejo Reino, por algo será.

Aunque ya nadie sepa con exactitud dónde pudo hallarse el Viejo Reino.

En cuanto a mí...

No, no veáis en mí a un peregrino insolente, ni tampoco a un ladrón de recuerdos, ni creáis que soy un farsante lleno de imaginación e inventiva. Sólo soy un narrador, un vértice, un espejo, un puente. Con una mano extendida cojo lo que oigo y, tras pasar por mi mente, con la otra vuelvo a dejarlo ir con la única misión de que la historia continúe, circule, viaje de aquí para allá.

Probablemente yo sea el mensajero.

Y Ashmayd, el miedo que todos llevamos dentro.

O la libertad.

LIBRO PRIMERO

Benaimed

*De cómo se cuenta quién pudo ser
Ashmayd, por lo menos en lo concerniente
a esta historia (y aunque no tenga nada
que ver con ella)*

—Era un mendigo, un desheredado —dijo
una vez un anciano ciego con los ojos en blanco;
ojos que miraban para dentro y no para afuera,
evocando en su memoria los relatos de su padre,
y del padre de su padre.

—Era un príncipe al que le pesaban el poder
y las riquezas —dijo en cierta ocasión un rey,
con la admiración llenando sus ojos melancóli-
cos, mientras sostenía en su mano un viejo có-
dice real en el que se hablaba de un heredero
que había renunciado al trono y se había perdido para siempre en el recuerdo.

—Era un ladrón que huyó al desierto para
ocultarse en él, y ocultar también sus delitos
—dijo una mujer que aseguraba ver más allá del
presente, hacia atrás y hacia adelante, llena de

desconfianza ante la certeza de que nadie en su sano juicio escogería el desierto y la soledad para vivir.

—Era un poeta, un artista —cantó en una loa excelsa un trovador cuyas canciones llenaron de armonía durante años los corazones de quienes le escucharon.

—Era un rebelde, buscaba un ejército donde no lo había, con el único propósito de conquistar las tierras de sus sueños. Debió ser el general de las hormigas, declarando la guerra a los pájaros del cielo —afirmó en tono seguro aunque despectivo un hombre cargado de medallas, que lucía un uniforme de color rojo como la sangre.

—Era un loco, un insensato, un soñador de quimeras —insistió el alcalde al que se le pidió una calle para Ashmayd.

—Era un ermitaño que escogió la soledad y el retiro, desilusionado de la naturaleza humana, a la búsqueda de la redención —suspiró con su voz cargada de serenidades un sacerdote frente a sus fieles.

—Era un alma libre, un ser sin ataduras, gozoso de la vida. Un ejemplo —escribió un poeta enardecido por la leyenda.

—Era...

¿Importa mucho quién había sido?

Lo que importa es lo que voy a contar.

Al final, también vosotros tendréis una opinión; aunque, para entonces, cerraréis este libro y luego, tal vez sí, tal vez no, os olvidaréis de él. Y de mí.

Ya veis que nadie sabía nada, como siempre que los años se comen el recuerdo.

Nadie sabía si fue real. Ni se sabe hoy.

Nadie sabía si era una leyenda. Ni se sabe hoy.

Así es la historia.

Ahora, ¿estáis dispuestos a leer lo que voy a contaros?

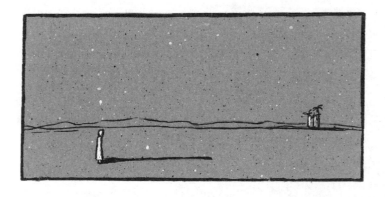

De cómo se cuenta lo que sucedió
el primer día, en el instante en que
Ashmayd escuchó la voz

Su sombra apenas si se proyectaba sobre la arena tamizada de ocres. Estando el sol en lo alto, como en aquel momento, más bien era como un punto oscuro pisado por sus pies. Un punto que le acompañaba allá donde fuese. Otras veces, cuando el sol rozaba la tierra antes de zambullirse en ella silenciosamente, la sombra era alargada, salvo que tuviese detrás una duna de pared muy vertical en la que chocar y aplastarse. Sin esa duna, la sombra podía llegar a medir cinco, diez metros. Pero ni aun así Ashmayd se percataba de ella. Sus pies desnudos se hundían en la arena y sus ojos parecían ver sólo la inmediatez del siguiente paso. La sombra no le hablaba. Ni siquiera le escuchaba, porque Ashmayd no era de los que hablan solos. Caminaba siempre al mismo ritmo, con paso vivo.

Cualquiera que le hubiese visto, habría imaginado que iba a alguna parte.

Pero por allí no había nadie.

Nunca había nadie.

¿Quién se arriesgaría a internarse por el Gran Desierto?

Ni las caravanas transitaban por él. Las vías de comunicación de los reinos de Oriente y Poniente estaban lejos.

Muy lejos.

Aquél era un día como cualquier otro, como el anterior y, lo más seguro, como el siguiente. Un día más.

Ashmayd vio las rocas a lo lejos, a su izquierda, y cambió el rumbo para dirigirse a ellas. Unas rocas, o un oasis..., cualquier novedad en la árida extensión de arena era bien recibida. No tardó demasiado en llegar, aunque el tiempo era lo de menos. El único tiempo real lo medían su estómago y el ciclo marcado por el sol y la luna en su perpetuo devenir.

Al llegar al amparo de las rocas, pese a que no existía ninguna sombra en torno a ellas, Ashmayd se sentó en el suelo, se apoyó en la menos rugosa y miró toda aquella ingente belleza.

Tan suya.

Únicamente suya.

Luego, acomodó su túnica blanca y del pequeño hatillo, que había llevado a la espalda y ahora descansaba a su lado, extrajo un odre con agua y unos pocos dátiles que comenzó a ingerir. Por los pliegues de la túnica salían sus brazos y sus piernas desnudos, verdaderos filamentos formados por huesos y algo de piel, sin apenas carne. Y pese a ello, eran brazos y piernas fuertes, capaces de lo más duro.

Ashmayd tenía los pies grandes. Las manos también, pero los pies...

Hechos para caminar.

Se llevó un dátil a la boca. Movió los diez dedos de los pies. Bebió un sorbo de agua. Siguió agitando los dedos, como pequeños garfios dotados de vida. Se sentía feliz.

Su último momento de calma y paz en mucho tiempo, porque todo comenzó entonces.

En ese instante.

Al oír por primera vez la voz.

—So... co... rro...

De cómo Ashmayd encontró al hombre que dijo llamarse Benaimed y estaba al borde de la muerte

A<small>SHMAYD</small> levantó la cabeza.

¿El viento del desierto?

No. No había viento.

¿Una alucinación?

No. Era hombre de fuerte sentido común y mente despejada.

¿Un animal?

No. La voz había expresado de forma clara, aunque dolorosa, una necesidad perentoria y en un tono presumiblemente humano.

Permaneció inmóvil unos segundos más, hasta que, de nuevo, oyó aquella súplica:

—Por... favor... Ayu... da...

Ashmayd se incorporó tras dejar los dátiles y el odre con agua en el suelo. Paseó sus ojos por las rocas sin ver nada, aunque el sonido procedía de allí. No tuvo que aguardar demasiado.

Por tercera vez oyó la voz, ahora claramente:

—¿Hay... al... guien...?

Rodeó la roca de mayor tamaño, despacio, temeroso de una trampa o de un peligro que no podía imaginar, y por fin se encontró con el dueño de la voz.

Un hombre tendido en el suelo, a la búsqueda de una sombra salvadora; quemado por el sol, con una hirsuta barba negra sobre sus facciones mortecinas y entecas, y los ojos desorbitados por el hambre y el dolor.

Un hombre.

El primero que Ashmayd veía en...

Tuvo una vacilación. Se le quedó mirando con horror, no por el fantasma de la muerte que le rondaba como un ave de mal augurio, sino por su presencia allí, turbando la paz del desierto. Y casi estuvo a punto de dar media vuelta y ocultarse de nuevo tras la roca, para decidir qué hacer con inteligencia, antes de que su lado más humano reaccionara como se esperaba de él.

Sin embargo, no tuvo tiempo de llevar a cabo esa singular acción.

Como si el hombre advirtiera su presencia, por puro instinto, giró la cabeza y le miró de pronto, fijamente, mitad sorprendido, mitad alucinado, mitad aliviado por la esperanza súbita de su salvación.

Ashmayd sostuvo esa mirada dolorida y dolorosa, sin moverse.

Hasta que el hombre levantó una mano hacia él.

—Ayuda... —exclamó.

Y perdió el conocimiento.

Ashmayd permaneció quieto unos pocos segundos más, mientras en su mente se desataba una lucha feroz transmitida al exterior sólo por el brillo acerado de sus ojos. Sus labios formaban un sesgo recto que confería a su faz una expresión inquieta. Vaciló una vez. Sus músculos no se movieron. Vaciló una segunda vez. Su mente gritaba una cosa, pero su ánimo le exigía otra. Vaciló una tercera y última vez.

Luego volvió sobre sus pasos, recogió el hatillo, el odre y los dátiles, y retornó al lado del moribundo, al que socorrió sin más preámbulos. Primero, humedeció una punta de su túnica y se la pasó por los labios al desvanecido. En segundo lugar, le cubrió la cabeza con su propio casquete, formado por una larga tira de tela blanca enrollada a modo de turbante. A continuación, llevó el odre a su boca para que al reaccionar bebiera las primeras gotas de agua. No demasiadas, pese a la avidez inicial del desconocido.

Le dio sombra con su cuerpo y esperó.

Esperó sin dejar de mirarle, preguntándose quién era, por qué estaba allí y qué se escondía tras su insólita presencia.

El hombre entreabrió de nuevo los párpados. Le miró.

—¿Eres... una... alu... cinación? —preguntó.

—Soy real —afirmó Ashmayd—. Tanto como puedas serlo tú mismo.

—Yo... —casi lo dudó el moribundo.

—¿Cómo te llamas? —quiso saber su salvador.

—Mi nom... bre es... Benaimed.

Pareció desfallecer tras pronunciarlo, y buscó la boca del odre, ávido por beber más agua. Ashmayd se la acercó, y esta vez le permitió beber un poco más.

—Despacio, despacio... —le aconsejó.

No pudo evitar que bebiera bastante, y que ese mismo esfuerzo, unido a la sensación de saberse salvado, le llevara de nuevo a la inconsciencia, de la que ya no regresó en los minutos siguientes.

Un tiempo en el que Ashmayd le observó con la mente llena de preguntas, miedos y recelos, que zumbaban en su cabeza lo mismo que avispas sueltas a la búsqueda de una escapatoria en forma de respuesta.

Acabó alzando los ojos al cielo.

Y formuló la pregunta más crucial:

—¿Por qué?

No obtuvo respuesta, y continuó esperando a que el desconocido recuperara la consciencia y volviera a la vida.

De cómo Ashmayd conoció la historia
de Benaimed, y se planteó el gran dilema

AL menguar el calor, Benaimed recuperó la consciencia. El agua y los dátiles hicieron el resto. Al declinar el sol, incluso se produjo una sombra junto a las rocas. Una sombra en la que Ashmayd le refugió sin apenas hablar. Los dos hombres guardaban un extraño silencio. Tal vez natural en el agotado aparecido, pero descorazonador en los gestos y el tono adusto de su salvador, que rehuía la mirada del otro y fingía entretenerse en cualquier menester, por pequeño que fuese. Benaimed no dejaba de observarle.

Tan delgado, tan solitario, tan inquietante.

Ashmayd tenía los ojos negros como el azabache, las manos nervudas como sarmientos, la barba poblada como un vergel oscuro. Y, sin embargo, parecía un buen hombre.

Un buen hombre abatido por la zozobra.

Al filo de la recuperación de sus primeras

fuerzas, envuelto en la gratitud que sentía por él, Benaimed formuló el interrogante que tanto le preocupaba:

—¿Quién eres?

Ashmayd le miró fijamente, rápido, con los ojos convertidos en piedras brillantes.

—No. ¿Quién eres tú?

—Un hombre perdido.

—¿Qué haces en el Gran Desierto?

—Buscaba respuestas.

—¿A qué preguntas?

—A todas las preguntas.

—No pareces ser de esos hombres... —le reconvino Ashmayd.

—¿Por qué?

—Porque yo también estoy aquí buscando respuestas, y a veces pienso que ni siquiera sé las preguntas.

—¿Eres un ermitaño, un nómada, un...?

—No importa lo que yo sea —le detuvo Ashmayd—. Importa lo que seas tú, y mi decisión de ayudarte o no.

—Ya me has ayudado.

—Eso ha sido tan sólo un instinto, un gesto de humanidad. Queda la decisión final, la más importante. Puedo dejarte aquí o puedo llevarte hasta la salvación. Es lo que tendré que decidir en las próximas horas.

—No te entiendo...

—No importa lo que tú entiendas —Ashmayd recuperó su tono más duro—. Volveré a hacerte la pregunta, y, por tu bien, espero que seas sincero en tu respuesta: ¿quién eres y qué haces aquí?

Los ojos de Benaimed se cubrieron de cenizas.

—No sé quién soy —reveló.

—Todo el mundo sabe quién es —afirmó Ashmayd.

—Me llamo Benaimed, provengo del Viejo Reino, soy hijo de un rico comerciante de tapices; pero eso no significa que sepa realmente quién soy. Mi vida fue fácil, placentera, hasta que comenzaron las preguntas y, con ellas, las inquietudes. Necesitaba saber quién soy, de dónde vengo y, lo que es más importante, adónde voy.

—Ésas son las preguntas más viejas de la humanidad. No tienen respuesta.

—Sí la tienen. Todo tiene respuesta.

—¡Bah, qué sabrás tú, pobre loco! —lleno de amargura, Ashmayd apartó los ojos de él—. Dejas cuanto tienes para meterte en el desierto, a la búsqueda de una quimera filosófica, y eres tan necio como para estar a punto de morir por ello. ¡Debería dejar que lo hicieras!

—Ahora no quiero morir.

—Claro. Nadie quiere morir.

—Ahora quiero regresar, ya que, por lo menos, tengo una respuesta.

—¿Cuál? —se interesó Ashmayd.

—Cuando agonizaba, he pedido al cielo una oportunidad, y he prometido que, si vivía, volvería para hacer algo bueno con mi existencia.

—Muy loable promesa, digna de un moribundo —se burló Ashmayd con acritud.

—Pero me has salvado. Así pues, debo cumplirla.

—¿Así de fácil? —se burló Ashmayd—. ¿Simplemente regresarás y harás algo bueno? ¿Crees que hacer algo bueno es sencillo? ¡No digas tonterías, amigo! Cuando vuelvas a tu vida placentera, te olvidarás de esta fatalidad; pensarás que, total, para cuatro días que vivimos, lo mejor es pasarlo bien. Y más si, como dices, posees bienes terrenales.

Benaimed calibró sus siguientes palabras.

—Pareces saber de qué hablas —apuntó.

La reacción del hombre del desierto fue iracunda.

—¡Pues claro que sé de qué hablo! ¿Crees que nací en este desierto? ¡Yo también provengo de tu mundo, y un día me fui de él, para vivir aquí, y ser libre aquí, no esclavo allí!

—¿Esclavo?

—De mis ideas, de mis pasiones, de mi vida. Y de las ideas, las pasiones y las vidas de los demás.

—Eres un hombre extraño —repuso Benaimed.

—Y tú, un necio.

—¿No me crees?

—Sí, te creo, y eso es lo que más me asusta. Pareces un iluminado, y los iluminados son peligrosos. ¿Has dicho que harías algo bueno? ¿Cómo sabes cuándo haces algo bueno? Imagínate que te encuentras un mendigo y le das una moneda. Es algo bueno, sin duda. Pero ¿y si ese mendigo compra con esa moneda una medida de buen vino, y ese vino le emborracha y le mata? ¿Habrá sido buena, entonces, tu acción, o, más bien, el detonante de esa muerte?

—Sin duda mi acción habrá sido buena. Sus repercusiones están fuera de mi alcance.

—¡No lo están! —gritó Ashmayd—. ¡Ése es el problema! ¡Todos formamos parte de una gran cadena en la que no somos más que meros eslabones!

—¿Por eso estás aquí? ¿Por eso huiste? ¿Querías ser el eslabón único de tu propia cadena?

—Yo no huí —dijo despacio el hombre del desierto—. Tomé una opción.

—¿Cuál? ¿Vivir solo, guardar silencio, no relacionarte con los demás, no tomar decisiones, ser amo y señor de tu propio universo? ¿Ésa fue tu opción?

—Lo fue, y por esa misma razón ahora no sé si sentir alegría por haberte ayudado o tristeza por las repercusiones que pueda tener.

—Debes sentir alegría —dijo Benaimed.

Volvió a encontrarse con lo más acerado de la mirada de Ashmayd, pero lo que le hizo estremecer fue el tono de sus siguientes palabras:

—¿Estás seguro?

De cómo Ashmayd le dio cuenta
de su responsabilidad a Benaimed
y de las repercusiones futuras
que se derivarían de ella

Benaimed se esforzaba por comprender, pero no lo lograba. Una y otra vez, su salvador se evadía con mil circunloquios mentales. Y lo que más le impresionaba era el evidente sufrimiento de Ashmayd.

Jamás había visto a nadie tan preocupado, y tan asustado por esa preocupación.

—Tú no tenías preguntas que satisfacer —se atrevió a decir Benaimed—, sino dudas que vencer.

—La única duda que he tenido la superé viniendo aquí. Nunca más he vuelto a tener dudas. Hasta hoy.

—¿Por qué eres tan duro?

—Tengo mis motivos.

—Te debo la vida.

—¡No me debes nada! ¡No quiero esa responsabilidad!

—¿Responsabilidad?

Ashmayd volvió a mirar hacia él. Sus ojos negros eran ascuas bajo las cejas rectas y cargadas de malos presagios.

—¡Sí, responsabilidad! ¿No te das cuenta de mi dilema? Como bien has entendido, estaba aquí para no ver a nadie, para no hablar con nadie, para no tomar decisiones que tengan que ver con los seres humanos, para ser el único responsable de mis actos; y ahora has aparecido tú. No sé quién eres. No sé si he hecho bien salvándote la vida, ni si haré bien devolviéndote al

mundo. ¿Y si merecías morir? ¿Y si el cielo te ha traído hasta aquí para apartarte de la vida? En este caso yo no sería más que un intruso, ¡y habría cambiado la historia! ¿Cómo saber si para bien o para mal?

—Pero... todos estamos relacionados —quiso argumentar Benaimed—. Lo que haga un humano repercute en otro, aunque esté al otro lado del mundo. Ésa es la fuerza de la vida, de la naturaleza. ¡Tú mismo lo acabas de decir hace un instante! ¡Tu acción ha sido generosa, humana, natural! ¡Y ni siquiera pienso que haya sido casual, porque nada lo es! ¡Puede que estuvieras aquí precisamente para lo que has hecho!

—Eso lo dices tú, porque eres el salvado. Pero yo soy el salvador, en contra de mi voluntad. He de tomar una decisión, y si decido que has de vivir, deberé vivir con este peso el resto de mis días. Todo lo que hagas a partir de ahora, bueno o malo, recaerá sobre mí de forma directa. ¿Entiendes ahora por qué hablo de responsabilidad? ¡Me has obligado a tomar una decisión sin posibilidad de saber si ha sido buena o mala! Volverás a tu mundo, y yo jamás sabré la verdad; deberé vivir aquí con el peso de esa zozobra. ¡Tu vida representa mi futuro dolor!

—No es cierto.

—Sí lo es.

—No es...

—¡Cállate!

El grito cogió por sorpresa al aún débil Benaimed. Ashmayd se había puesto en pie de un salto, y de un pliegue de su túnica, oculto bajo el cinto, extrajo una daga de acerada hoja. Se abalanzó sobre el desfallecido superviviente con la daga en lo alto, dispuesto a abatirlo. Benaimed contempló el centelleo del metal, brillando en el ocaso del día que iba a ser también el del ocaso de su vida. Ashmayd, en cambio, se fijó en la mirada de su rival. Trató de que no fuera así, pero no pudo evitarlo.

Y los ojos de su víctima le desarmaron con la misma rapidez con la que segundos antes había tomado aquella inesperada decisión.

La daga vaciló.

Y, más aún, la mano que la empuñaba.

Y, más aún que esa mano, la voluntad que la dirigía.

Ashmayd cerró los ojos, todo su cuerpo se tambaleó, retrocedió, su mano cayó y la daga resbaló entre sus dedos hasta dar contra el suelo. Después, él mismo se arrodilló y comenzó a llorar suavemente, presa de sus mismas contradicciones.

Pese a haber estado a punto de morir por aquel arrebato, Benaimed sintió lástima de él.

—Quisiera contarte una historia —dijo.

Ashmayd levantó la cabeza.

Nunca una expresión había mostrado más angustia.

—¿Tratas de convencerme? No temas. No voy a matarte. Ya has visto que no he podido.

—Sólo quiero contarte una historia, nada más. Tal vez te ayude.

—Las historias son como las gotas de lluvia. Todas sirven. Pero a veces no ayudan. En algunos países he oído decir que, en cantidad, provocan inundaciones y tragedias.

—Ésta no es más que una historia, una gota.

Caída en este desierto, quizá consiga que crezca algo.

No se refería al desierto de arena, sino al de la mente de Ashmayd, y él lo supo.

Inmóvil, frente a Benaimed, llevó aire a sus pulmones.

—Adelante, cuéntame esa historia —aceptó desfallecido.

De cómo Benaimed le contó a Ashmayd la historia de Zerbayin, el gran cazador

—EL protagonista del relato se llama Zerbayin, era un gran cazador y vivía muy al norte, en las montañas de la Luna. Allí tenía una casa, a dos horas del pueblo, en la que moraba con su familia, su esposa y sus tres hijos e hijas. El pueblo, Boab, era el único lugar habitado en muchos kilómetros a la redonda, a días de distancia de otras ciudades.

—Nunca he oído hablar de Boab —dijo Ashmayd.

—Tampoco habías oído hablar de mí, y sin embargo existo —repuso Benaimed.

—De acuerdo, sigue —le invitó a continuar.

—Un día, Zerbayin salió temprano por la mañana para ir a cazar, según era su costumbre. No fue un buen día, pues ningún animal se le puso a tiro. Caminando y caminando, en busca de una presa con la que alimentar a su familia, llegó a lo alto de una cumbre escarpada. Sus ojos buscaron en tierra algo que se moviera, pero lo que llamó su atención fue el aleteo de un gran pájaro sobrevolando su cabeza. Sin pensárselo dos veces, Zerbayin tensó el arco y disparó una certera flecha que atravesó una de las alas del ave, la cual cayó al suelo, no muy lejos de donde estaba él. Cuando acudió a recogerla, se llevó la mayor de las sorpresas, pues el animal, mirándole con ojos desesperados ante la inminencia de su muerte, le suplicó que le dejara vivir.

—¿El pájaro hablaba? —rezongó Ashmayd.

—En mi historia, sí —sonrió Benaimed.

—¿Cómo convenció a Zerbayin de que no le convirtiera en su cena?

—El pájaro le dijo dos cosas —continuó el narrador—. La primera, que no podría comérselo, pues si moría se desvanecería como el humo, ya que no era un simple pájaro como los demás, sino un espíritu. La segunda, que si le permitía vivir, le honraría con la mejor de las fortunas.

—¿Le prometió riquezas y poder?

—Así es, y el cazador le dijo que no necesitaba nada, pues tenía de todo, aunque fuese poco, y era feliz con ello. Sin embargo, conmovido por los ojos del ave, le dijo que, en cualquier caso, si la dejaba vivir, sería por su buen corazón, sin pedirle nada a cambio.

—Pero ¿la creyó o no la creyó? —se interesó Ashmayd.

—No se sabe. Lo cierto es que le arrancó la flecha, lleno de piadosa humanidad, y que, sin ella, la herida del animal se cerró como por arte de magia, y el ave reemprendió el vuelo una vez más, libre. Impresionado por su aventura, Zerbayin regresó a su casa con las manos vacías, sin nada para cenar. Pero al llegar, para su incredulidad, le estaban esperando los miembros del Consejo de Boab. El alcalde había muerto y, antes de hacerlo, había propuesto a Zerbayin como su sucesor. ¿Por qué? Pues porque era un hombre bueno y justo. Nada más. El Consejo estaba allí para nombrarle nuevo alcalde.

—Entonces, ¿el pájaro había cumplido su palabra?

Benaimed no respondió al interrogante de Ashmayd.

—Zerbayin no quería ser alcalde, pues para ejercer el cargo debía dejar la montaña y vivir en Boab. Pero le bastó con ver los ojos de su esposa y sus hijos para comprender que la idea les gustaba. Más aún, en las miradas de los miembros del Consejo también había una rara unanimidad. Todo Boab le esperaba con entusiasmo, puesto que, para su sorpresa, su fama de cazador y de hombre justo era conocida en el pueblo. Así que aceptó y, de la noche a la mañana, su vida cambió por completo.

—Tuvo poder, y las riquezas que él lleva consigo.

—Digamos que ya no necesitó cazar para comer, y que en su cargo de alcalde disfrutaba de una cómoda posición, así que... sí, podía considerarse rico.

—Menuda historia —rezongó Ashmayd.

—Aún no ha terminado —dijo Benaimed—. En unos pocos meses, Zerbayin echaba tanto de menos su montaña, que entró en una profunda depresión, y al cabo de un año, su estado de ánimo era deplorable.

—Y su gestión como alcalde, nefasta.

—No, al contrario; era un buen alcalde, con sentido de la responsabilidad. La elección había sido acertada. Pero Zerbayin le echaba las culpas de todo al pájaro, así que un día, lleno de ira, buscando una venganza absurda pero real para él, regresó a la montaña, a la misma cumbre escarpada de la primera vez. Allí se sentó y esperó un día, y otro, y otro más. Con los ojos fijos en el cielo, inmóvil, aguardó la presencia de aquella ave que había dicho ser un espíritu, y finalmente, al séptimo día, cuando ya creía que su esfuerzo era en vano, la vio sobrevolar la cumbre.

—Sin esperar un segundo, la abatió con una flecha, ¿verdad?

—Cierto —confirmó Benaimed—, y el pájaro cayó al suelo, herido, como la primera vez. Cuando el cazador llegó a su lado, con una desaforada alegría en el rostro, los ojos del animal volvieron a mirarle con el mismo tono de súplica que entonces. «¿Por qué lo has hecho?», preguntó. «Te dije que no quería nada», le reprochó Zerbayin. «Y nada te di», aseguró el pájaro. «¡Mientes!», gritó el cazador. «No miento», dijo el ave. «Te prometí poder y riquezas para que me dejaras vivir, pero no tengo don alguno para ello; no soy más que lo que soy: un pájaro. Lo que haya podido sucederte era parte de tu destino». «¡Devuélveme mi libertad!», exigió Zerbayin. Entonces el animal le miró tristemente a los ojos. Se estaba muriendo. Apenas si le quedaba un soplo de aliento. Y con gran aplomo dijo: «De acuerdo, tú ganas. Libérame de esta flecha y recuperarás tu propia vida». El cazador no se movió. «¿Y lo que has dicho antes de mi destino?», inquirió dudoso. «¿Qué quieres que te diga ahora?», musitó el pájaro. «Si insisto en que

antes decía la verdad, me dejarás morir, y si te digo que la verdad es lo que afirmo en este momento, tal vez me salves. No tengo opción, pero sea como sea, la decisión es tuya. Cree lo que quieras».

—¿Tú le habrías creído? —inquirió Ashmayd.

—El cazador estaba hecho un lío —evitó la respuesta Benaimed—, pero fueron los ojos del animal, una vez más, los que le impulsaron a salvarle. Con un súbito gesto, arrancó la flecha de su cuerpo, y la herida se cerró sin más, exactamente igual que había sucedido la primera vez. El pájaro comenzó a aletear y se alejó del suelo. Entonces, antes de que desapareciera en el aire, Zerbayin le gritó: «¡Espera! ¡Dime por lo menos la verdad! ¿Fuiste tú quien me hizo ser lo que soy ahora?». Y el ave le contestó: «Deberás averiguarlo por ti mismo, porque, diga lo que diga, ya no me creerás. Pero ten presente algo: el destino de cada cual está muy por encima de todo, y más aún de lo que diga un pájaro que hable».

—Entonces... ¿no supo si su poder y su riqueza eran debidos al ave?

—Nunca lo supo —repuso Benaimed—, pero al día siguiente Zerbayin regresó a Boab y, puesto que era el alcalde y tenía un compromiso, comenzó a trabajar más que nunca por el bien de su gente. Su idea era acabar cuanto antes con la legislatura y, después, convocar unas elecciones que le liberaran del cargo para así poder regresar a la montaña. Sin embargo, fue tan notable, tan justo, tan buen alcalde, que le reeligieron una vez, y otra, y otra más. Y viendo que el bienestar del pueblo era lo más importante, siguió desempeñando su cargo, más y más feliz, porque sus conciudadanos eran felices. Sólo una vez al año podía regresar a su casa de la montaña, y cazar. Se tomaba unos días de asueto y recuperaba los placeres perdidos, aunque no olvidados. Y así vio pasar su existencia. Murió siendo alcalde de Boab. El mejor alcalde que jamás hubo en el pueblo. Y dicen que, a su muerte, un extraño pájaro sobrevoló el cielo, entre su tumba y el sol, para luego desvanecerse como una nube. Así termina la historia.

Ashmayd tenía el ceño fruncido.

—Así que el pájaro pudo haber dicho la verdad la primera vez, y la verdad la segunda, cuando le aseguró haber mentido esa primera vez. O incluso mentir tanto la primera como la segunda vez y... —su ceño se frunció aún más, perdiéndose en los recovecos de aquellos razonamientos. Dejó de hablar y, tras unos segundos

45

de reflexión, suspiró—. Bien, es una buena historia.

—He pensado que así era, y oportuna además.

—No te preocupes —afirmó Ashmayd—. Tú vivirás con tu vida, y yo con mis dudas acerca de ti. Puedes llamarlo destino, o como te plazca. Ya no importa.

—Sí importa. Deseo que seas feliz.

Ashmayd miró el sol, a punto de hundirse tras la línea del horizonte y, por tanto, enorme; mitad cárdeno, mitad amarillento. Sus ojos se llenaron de fuego, impregnados por tanta belleza y esplendor. Por ese motivo, sus pupilas se convirtieron en dos ascuas encendidas.

—Salvándote me he condenado —reconoció el hombre del desierto—; pero ya no es tu problema, sino el mío. Después de todo, una parte de la condición humana se sustenta en el egoísmo. Vive, pues, para lo que tengas que vivir, libremente, que yo viviré para lo que tenga que sufrir a causa de ello.

Y tras decir esto, dando por entendido que la conversación terminaba allí y no quería más palabras inútiles, se tendió en el suelo y se acomodó para dormir.

*De cómo Ashmayd llevó a Benaimed
a la ruta de las caravanas para completar
su salvación, y después regresó al Gran
Desierto*

AL amanecer, el estado de Benaimed era lo bastante satisfactorio como para iniciar el camino. Agua y dátiles completaron el buen hacer del sueño reparador y lograron que se calmara por fin su ánimo, tras haberse enfrentado a la sombra incierta de la muerte. Ayudado por Ashmayd, Benaimed se puso en pie, y los dos iniciaron el largo camino, de varios días de duración, hasta la zona por la que transitaban las caravanas entre Poniente y Oriente.

Resultaron infructuosos todos los intentos del salvado para hablar con su salvador. La tristeza de Ashmayd era infinita. Se había encerrado en un silencio impenetrable y su compañero de viaje no consiguió extraer de él ni una sola palabra a lo largo de aquella primera jornada.

Ni de las siguientes.

Para Benaimed, salvo por el hecho de que se movía, respiraba y comía como él, Ashmayd se había convertido en una roca, una parte aún más insondable de aquel insondable desierto.

Encontraron el camello con el que Benaimed había llegado hasta allí, muerto y convertido en pasto de las alimañas del desierto.

—Era un magnífico animal —suspiró su dueño—. Lloré su muerte, pero, por más sed que hubiera tenido, juro que jamás me habría bebido esas lágrimas.

Ashmayd le miró fijamente. Pensó que eran unas bellas palabras que denotaban un corazón generoso, pero ni aun así superó sus dudas ni aminoró la pesada carga que había caído sobre su conciencia.

La marcha continuó.

Dieron un rodeo significativo para pasar por los oasis más recónditos, aquellos que sólo Ashmayd conocía, pues no constaban en los mapas. No podían constar porque nadie se había atrevido jamás a internarse por el Gran Desierto. En los oasis se proveyeron de agua y dátiles, y también de carne seca y otros frutos que Ashmayd había ocultado allí para su subsistencia.

—Por favor, háblame —le pedía Benaimed a su salvador.

Ashmayd le miraba, pero no decía nada.

—Por favor, no dejes que vuelva a mi casa con este sentimiento de culpa, peor que si te hubiese matado el alma con mis propias manos.

Ashmayd volvía a mirarle con incertidumbre y dolor, pero continuaba sin despegar los labios.

—Por favor...

Nada.

Y así día tras día, hasta que Benaimed se resignó al silencio.

Un día, al anochecer, vieron a lo lejos una caravana formada por más de un centenar de camellos que se dirigía al Viejo Reino. Avivaron el paso, aunque no fue necesario correr, ya que la caravana se detuvo para pasar la noche y las luces de sus fogatas los guiaron en la recta final. Fue entonces cuando Ashmayd comprendió que su misión había terminado y dejó de andar.

Habló por primera vez desde aquella noche.

—Sigue tú —dijo señalando las luces.

—Ven conmigo—le pidió Benaimed.

—No.

—¿Por qué?

—Porque ése ya no es mi mundo, sino el tuyo. Ve, pues, a él, que yo me quedaré en el mío.

Benaimed, movido por un intenso sentimiento

de amor y piedad, quiso abrazarle; pero Ashmayd dio un paso hacia atrás y le rechazó.

Era el fin de su extraña compañía y, aún más, de su incierta... ¿amistad?

—Te prometo ser digno de ti y de lo que has hecho —aseguró Benaimed.

—No prometas nada.

—Te dije que tenía una respuesta. Por lo menos una. Te debo la vida y haré que te sientas orgulloso de tu acto.

—No lo sabré jamás, así que ello no aliviará mis dudas.

—Tal vez sí lo sepas algún día. Nadie vive aislado eternamente.

—Vete —suspiró, haciendo un gesto cansino, Ashmayd.

Y le dio la espalda para iniciar el camino de regreso a las profundidades del Gran Desierto.

—No te olvidaré —prometió Benaimed—. Si tengo un hijo, llevará tu nombre. Y ten por seguro que en honor a ti haré el bien y lucharé para ayudar a los demás.

Ashmayd se perdía ya en la oscuridad.

—¡Gracias! —gritó Benaimed.

Ashmayd ya había desaparecido, tragado por las sombras.

De cómo Ashmayd vivió bajo los efectos de la tortura interior a lo largo de los días, las semanas, los meses y los años siguientes

Ya nada fue igual en la mente de Ashmayd.

Ya nada fue igual en el mundo abierto y a la vez cerrado de Ashmayd.

Su mente jugaba al gato y al ratón con él, haciendo que los pensamientos contradictorios zumbaran como ráfagas de viento helado, capaces de paralizarle la conciencia a cada momento.

El Gran Desierto, por primera vez, se reía de él y esparcía los ecos de la voz de Benaimed a cada paso que daba.

Trató de burlar a sus propios pensamientos, y no pudo. Trató de engañar al Gran Desierto, y no lo consiguió. Trató de esquivar la locura que parecía invadirle poco a poco, pero la locura tenía la implacable persistencia de una sombra furtiva que avanzaba hacia su alma. Ashmayd pasaba muchas noches en blanco, con la mirada perdida en la nada exterior e interior. Muchos días, Ashmayd los pasaba sentado en lo alto de cualquier duna, reflexionando sobre lo que había hecho. Las voces surgían cada vez más a menudo, de sí mismo y de su alrededor.

Voces.

—No era más que un hombre. No te preocupes tanto. Habrá vuelto a su existencia ociosa y vulgar.

—El desierto le cambió, ¿recuerdas? Parecía un iluminado. Y no hay nada peor que un iluminado suelto por el mundo.

—¿Crees que estará haciendo el bien? Eres un iluso.

—Parecía una buena persona.

—Tal vez...

Voces, voces y más voces, punzándole la conciencia, asaeteándole la razón.

Día a día.

Semana a semana.

Mes a mes.

Año a año.

Ashmayd miraba al cielo, y preguntaba una y otra vez:

—¿Por qué?

Ninguna respuesta.

Sólo su inquietud.

Hasta que comprendió que si no conocía la verdad, no hallaría la paz.

La verdad.

Fue una revelación. Un grito silencioso estallando en un día cualquiera. Iba caminando, como siempre sin rumbo, cuando vio una curiosa sombra no lejos de él. Alzó la cabeza y divisó una nube en el cielo. Una solitaria nube de color blanco, no muy grande, redonda y hermosa. Una nube tan extraña allí como lo habría sido hallar una flor en la arena. Se quedó quicto contemplando la nube, que se movía muy despacio justo en su dirección. Cuando le alcanzó, Ashmayd se tumbó en el suelo, dispuesto a beneficiarse de algo tan agradable y placentero como era una sombra al sol.

Y entonces de la nube cayó una gota de agua.

Una solitaria, fresca y sorprendente gota de agua.

Le dio en la frente y le salpicó la cara.

Ashmayd se puso en pie; con la cabeza vuelta hacia el cielo, abrió sus brazos, sus manos, pero de la nube no cayó ninguna gota más. Se alejó con la misma quieta solemnidad hasta perderse en el horizonte.

De pronto, Ashmayd recordó algo.

Le había dicho a Benaimed: «Las historias son como gotas de lluvia. Todas sirven. Pero a veces no ayudan. En algunos países he oído decir que, en cantidad, provocan inundaciones y tragedias». Y Benaimed le había contestado: «Ésta no es más que una historia, una gota. Caída en este desierto, quizá consiga que crezca algo».

Una gota de lluvia en el desierto.

Lo insólito, tal vez para justificar...

En ese instante, Ashmayd tomó la decisión de ir al Viejo Reino y averiguar qué había sido de Benaimed, para así poder regresar al Gran Desierto en paz, en el caso de que su salvación hubiera servido de algo, o, por el contrario, regresar destrozado por la certeza de su error.

Y emprendió el camino.

*De cómo Ashmayd dejó el Gran Desierto,
volvió al mundo y llegó al Viejo Reino
en busca de respuestas para su torturado
ánimo*

No buscó el amparo de las caravanas, pues
no las necesitaba.

Tampoco se mentalizó de una forma especial
para resistir el choque brutal de la civilización,
pues estaba preparado para él.

Simplemente caminó y caminó, como había
hecho siempre en los últimos años, atravesando
primero el Gran Desierto, y la ruta de las caravanas después, hasta llegar a los primeros poblados nacidos al amparo protector del Viejo
Reino, la gran ciudad milenaria loada en todos
los códices, la perla de la Tierra de Fuego, el
crisol de todas las culturas. Su único equipaje era
el hatillo en el que llevaba el odre de agua, dátiles y un poco de carne seca para resistir en lo
más duro de su odisea. Eso y una túnica con la

que poder mudarse. Nada más. Con su paso vivo, de grandes zancadas, su mirada siempre fija en el horizonte, y sus cinco sentidos alerta, pues eran muchos los peligros que podían acecharle en el viaje, cubrió aquella enorme distancia en menos de tres meses. Los primeros humanos que vio eran tan necios como aquellos a los que había abandonado tiempo atrás, y se burlaron de su figura enteca, su caminar desgarbado, su persistencia andarina que no admitía más reposo que el de la noche, para dormir unas pocas horas, y el de mediodía, para ingerir algunos alimentos. Al atravesar los poblados que no podía rodear, las mujeres estallaban en risas y los niños se arremolinaban junto a él llamándole tonterías como «palo andante» o «esqueleto de ojos negros». Ashmayd ni siquiera se dignaba lanzarles una mirada. Para él sólo contaba el siguiente paso, y luego el otro y el otro, y el horizonte que cambiaba con cada uno de ellos. Al atravesar el mundo mezquino al que había dado la espalda en un tiempo, se alegró más y más de vivir en el desierto, y se entristeció aún más por haber tenido que volver.

Una mañana del noveno mes atravesó las murallas del Viejo Reino, y sus ojos se llenaron de recuerdos; su olfato, de aromas perdidos aunque no olvidados; sus oídos, de sonidos envueltos en el caos de la gran ciudad, ensordecedores para su nueva sensibilidad. Casi no pudo resistirlo. Casi tuvo que echar a correr. Fue como si sus sentidos fueran asaltados por un tropel ingente de sensaciones que le aturdían. Se vio obligado a vencerlas todas, pero se dijo que cuanto antes completara su misión, antes podría regresar al desierto.

Claro que... ¿cómo dar con Benaimed allí?

De pronto comprendió que tal vez aquello fuese peor que buscar una aguja en un pajar, o un minúsculo grano de arena verde en el océano de arena rojizo de su mundo.

¿Cómo dar con Benaimed entre miles y miles de seres humanos, víctimas del caos y la impersonalidad de una gran ciudad?

Humanos que ni se conocían entre sí.

Que incluso le ignoraban a él, a diferencia de lo que sucedía en los pueblos.

Llegó a la Gran Plaza del Mercado, rebosante de puestos, de compradores, de gritos, de olores, de tensiones y pasiones tan vulgares, que sintió lástima por aquellas personas cuyo único fin en la vida era subsistir, tener dinero, pasarlo lo mejor posible, sin metas más elevadas. Todo el mundo parecía correr. Nadie se detenía a mirar, pensar, apreciar una minúscula porción de belleza, aunque allí... Ashmayd no vio belleza alguna en nada de lo que le rodeaba.

Ni siquiera en la sonrisa del bebé que, sostenido por su madre, alargó una manita inocente hacia él.

Pensó que aquel niño, un día, sería como todos los demás.

Y Ashmayd renegó de la condición humana.

Se había endurecido.

Y más que por los años de soledad en el Gran Desierto, era por el peso de su propia duda con relación a Benaimed. Aquella ingente responsabilidad adquirida para con él y para consigo mismo y para con el mundo, al salvarle, rozaba la locura.

Ni se daba cuenta, pero así era.

Entonces llegó hasta él aquella voz.

Y un nombre.

—Maldito sea el día en que Benaimed volvió aquí.

De cómo Ashmayd conoció en el Viejo Reino lo que había sido de Benaimed y sus sospechas se vieron tristemente corroboradas

¿ERA posible que en el Viejo Reino ése fuese un nombre corriente y vulgar?

¿Era posible que se tratase de otra persona?

¿Era posible que, a la primera de cambio, hubiese dado con un rastro de su perseguido?

Ashmayd giró la cabeza. Buscó a quien había hablado. Lo encontró enseguida, pues en ese mismo momento volvía a hacerlo:

—¡En negra hora le aceptamos!

Era un hombre de cierta importancia, algo que se adivinaba por sus rasgos cuidados tanto como por su ropaje, digno, cuando menos, de un noble. Hablaba con otros dos hombres de rostro taciturno y preocupado.

—Tienes razón —manifestó uno.

—Nos equivocamos —aseveró el otro.

Ashmayd perdió todo tacto o corrección; se olvidó de que su aspecto era más bien el de un pordiosero. Se abalanzó sobre ellos con los ojos muy abiertos y ninguna precaución en sus gestos. Sólo quería saber...

—Disculpad, ¿habláis acaso del mismo que regresó del des...?

No pudo terminar su pregunta.

—¡Eh, eh, cuidado! —protestó el primer hombre.

—¡Estúpido patán! —le atacó el segundo.

—¡Lárgate de aquí, necio! —le empujó el tercero.

Ashmayd cayó al suelo. Disgustados tanto por su presencia como por la interrupción de la que habían sido objeto, los tres personajes le dieron la espalda y se alejaron de su lado hablando en voz ya inaudible para él.

El hombre del desierto se puso en pie y miró alrededor.

Muy cerca de donde se encontraba, divisó a un anciano ciego que pedía limosna con un cuenco de cobre en sus manos. Se aproximó a él.

—Disculpa, anciano —le dijo—, ¿puedo hacerte una pregunta?

El mendigo agitó su cuenco, reclamando una moneda que Ashmayd no tenía.

—Soy pobre como tú. Lamento no poder ayudarte.

—Si eres pobre como yo, vete de esta parte del mercado, pues es mía —le recriminó el anciano.

—Lo haré presto, pero antes dime: ¿conoces a alguien llamado Benaimed?

La cabeza del mendigo se agitó. Su mano se aferró al cuenco llena de tensión. Sus ojos sin vida bailaron en las órbitas invadidos por un súbito golpe de ira.

—¿Benaimed? — barbotó—. ¿Estás de broma, amigo? ¿Quién no conoce al maldito Benaimed?

—El hombre al que yo me refiero estuvo hace tiempo perdido en el desierto y...

—¡Sé muy bien a quién te refieres! —le detuvo el anciano—. Fue en ese maldito desierto donde el pobre se volvió loco. Regresó hablando de no sé qué milagro, y de su destino, y hasta contó una extraña historia de un cazador y un pájaro que hablaba y... ¡Bah! —el mendigo escupió con rabia, y tan fuerte que casi alcanzó a un gato que caminaba cerca de ellos. Su tono se hizo resignado al exclamar—: ¡A fin de cuentas, la culpa fue de la gente!

—¿Por qué?

—¿De veras no sabes nada? —dudó el hombre.

—Acabo de llegar al Viejo Reino —le informó Ashmayd.

—¡El cielo me ampare! —puso cara de fastidio el ciego—. ¿Qué quieres que te diga? Benaimed era hijo del principal comerciante en tapices de por aquí. Rico, sin problemas, ocioso... Pero quería algo más, tenía *preguntas* —escupió por segunda vez—, y se fue al desierto a buscar las respuestas. No sé qué le sucedió allí; lo cierto es que regresó, anunció que deseaba ayudar a los demás y se presentó a la presidencia del Viejo Reino. Su palabrería nos impresionó a todos. Hablaba bien, tenía encanto, cierta magia. Todos le votamos, ricos y pobres, y miente quien diga lo

contrario. Todos le llevamos a la presidencia, y por veinte años, ¡veinte años! Ahora es, pues, nuestro líder. Ése es Benaimed.

—Un líder perverso, egoísta, corrupto, déspota, dictador...

—¡No! ¿De qué estás hablando? Benaimed no es nada de todo eso; muy al contrario. Es tan bueno, tan generoso, quiere tanto y tan desesperadamente hacer el bien, que no es de extrañar que todo le salga mal, al revés de como lo plantea. ¡Es un ingenuo, eso es lo que es! ¡Y para gobernar no se puede ser un ingenuo; se ha de tener un equilibrio, una parte de mano de hierro y otra de ingenio, una de fuerza y otra de as-

tucia, la malicia de un jugador de cartas y la honestidad de un santo, saber pactar y saber perder algo para ganar mucho! En cambio, él... está llevando a la ruina al Viejo Reino, nos está debilitando; sus leyes nacen con buen sino y en pocos días se vuelven contra todos. Da una orden para que se cultiven patatas, y una plaga acaba con las cosechas. Dice que es tiempo de tomates, y llegan cien caravanas con los mejores tomates de Poniente y más baratos que los nuestros. ¡Haga lo que haga, le sale al revés! ¡No sabe mandar, ni razonar, ni planificar!

—¿Por qué no se retira?

—¡Porque insiste en que lo hará bien, y nos pide confianza, fe! ¿Te das cuenta, visitante? ¡Nos pide que le ayudemos y él está cavando nuestra fosa! —le puso la mano libre en el brazo—. Mírame a mí —dijo—. Yo era tratante de camellos. Benaimed promulgó una ley para controlar todos los camellos del Viejo Reino y evitar así que fueran robados. Había que marcarlos con un número. Yo lo hice con los míos, y el primero al que marqué me dio una patada que me dejó como ves, ciego. Mientras me recuperaba, me robaron todos los camellos, y ahora además de ciego soy pobre. Tal vez fuera una buena ley, pero para mí supuso la perdición. Y no es un caso aislado. Benaimed está tocado por la mala fortuna, pues cuanto hace se vuelve contra él y contra nosotros. ¡La maldición ha caído sobre el Viejo Reino! ¡Ah! ¿Por qué no se perdería para siempre en las entrañas del Gran Desierto?

El mendigo clavó en él sus pupilas vacías.

Ashmayd se apartó de su lado.

Temblando.

Y echó a correr como si de un momento a otro el ciego pudiera ver, reconocerle y comenzar a gritar que allí, entre ellos, estaba el verdadero causante de todos los males.

De cómo Ashmayd regresó al Gran Desierto, abatido y frustrado, sabiéndose culpable de todos los males del Viejo Reino

Pasó una jornada en el Viejo Reino.

Sólo una.

Tiempo suficiente.

Para saber y conocer, para ver y razonar, para entender y comprender. Para darse cuenta de que todo, todo, era culpa suya.

Sus peores presagios se habían cumplido.

No había salvado a un asesino, ni tampoco a un ladrón o a una mala persona. Simplemente había salvado a un loco. Más aún, Benaimed se había vuelto loco en el Gran Desierto, justamente gracias a su salvación. En todos los pueblos se sabe a través de la historia que no hay peores gobernantes que los dictadores o las buenas personas que, siendo santas, debilitan al Estado por su falta de carisma. Si hubiese dejado morir a Benaimed, nada de cuanto sucedía habría sido realidad. Su responsabilidad estaba ahí, gritándole, acusándole.

—Yo y mis buenos sentimientos —repetía una y otra vez, abatido, mientras arrastraba sus pies desnudos por las polvorientas calles del Viejo Reino.

Y allá por donde transitaba, oía una y otra vez el nombre de Benaimed, denostado, jamás alabado.

—¡Trató de beneficiar al pequeño comerciante de la ciudad, dándole beneficios fiscales, y con ello arruinó a los nómadas, que dejaron de ser competitivos con sus mercancías! ¡Quiso compensar a los nómadas exonerándolos del pago de impuestos y entonces muchos comerciantes listos fingieron ser nómadas! ¡Cuando las arcas se vaciaron a causa de ello, pidió una tasa especial para equilibrar el presupuesto general! ¡Y a la primera huelga de protesta sucedieron los disturbios, impulsados por los mismos que después quisieron aprovecharse de los destrozos para ofrecer presupuestos de limpieza y reconstrucción!

—¡Es una cadena! ¡Un mal trae otro!

—¡Necesitamos mano de hierro!

—¡No; necesitamos sabiduría!

—¡La sabiduría y la mano de hierro no son nada sin la principal fuerza de cualquier gobernante: la flexibilidad para saber moverse según viene el viento!

—¡Y él sigue convencido de ser un gran presidente!

No encontró en todo el Viejo Reino una sola voz que ponderara el más mínimo de los actos de Benaimed.

Al anochecer, Ashmayd llegó a las puertas de la ciudad, justo en el momento en que éstas iban a ser cerradas. Fue el único que salió por ellas, bajo la extrañada mirada de los vigilantes, que le vieron caminar, doblado y agotado por el peso de sus remordimientos, rumbo a ninguna parte. Sus pasos ya no eran ágiles; ni sus ojos, dos perlas negras cargadas de determinación. Ahora más bien parecía un anciano derrotado por la vida, vencido por una realidad que pasaba a través de él como un viento demoledor.

En un primer momento había tenido intención de ir a ver a Benaimed. Pero no.

Era una locura.

¿Qué podía hacer o decirle?

Nada.

Así que Ashmayd regresó al Gran Desierto, dispuesto a vivir el resto de su vida bajo aquella tortura implacable.

LIBRO SEGUNDO

Garod

De cómo tropezó Ashmayd dos veces con la misma piedra a los pocos días de haber llegado al Gran Desierto

Ya no fue el mismo.

Al llegar a la frontera del Gran Desierto, tras haber dado la espalda a los últimos pueblos y gentes, caravanas de camellos y postreros vestigios de vida civilizada que pudiera reconocer, se dejó caer de rodillas sobre las primeras arenas rojizas y lloró.

Sus lágrimas eran de dolor, no de alegría; lágrimas producidas por el miedo y la angustia, cargadas de resentimiento y de odio, y por tanto la tierra las llevó muy adentro, allá donde nadie pudiera volver a verlas jamás.

El Gran Desierto tampoco era el mismo.

El sol le hería de día con su calor, y la luna le atería de noche con su frío. Los anocheceres eran tristes, con el astro rey zambulléndose en el horizonte bajo una silenciosa cortina de desesperación. Los amaneceres prometían una esperanza que jamás se cumplía, pues eran tan yermos como la tierra que dejaba atrás a su paso. La belleza había sido robada. La alegría se había perdido. La paz había huido.

Era un leproso del espíritu, cargado de dolorida soledad.

Y lo peor es que cada día se le hacía eterno.

Por ello, apenas transcurrida una semana desde su llegada al Gran Desierto, Ashmayd se sentía ya como si llevase en él cien años.

Pensaba en el Viejo Reino.

En Benaimed.

No lograba apartarle de su mente.

Y su mente, agotada, ya no se hallaba en ninguna parte. Volaba del Gran Desierto al Viejo Reino y del Viejo Reino al Gran Desierto. Iba y venía, azotada por convulsas sensaciones. ¿Y si había estallado una revuelta en el Viejo Reino? ¿Y si las inconsciencias de Benaimed habían causado más daños? ¿Y si, ante la debilidad del país, los conquistadores de Poniente u Oriente habían decidido invadirlo? ¿Y si...?

Ashmayd llegó a desear que apareciera un león en su camino, para morir honrosamente bajo sus garras; o un áspid, que le ofreciera la piadosa posibilidad de separarse de la vida; o la súbita sequedad de los oasis que le sustentaban.

Al noveno día de haber cruzado los límites del Gran Desierto, sin embargo, fue otra cosa la que encontró.

De nuevo, la más inesperada.

La divisó a lo lejos, desde lo alto de una duna. Parecía ser una forma oscura, pegada al suelo, a su izquierda. Sin otro rumbo mejor, fue hacia allí para comprobar de qué se trataba. Y, aunque tuvo un estremecimiento a medida que se aproximaba, no llegó a pensar o imaginar, ni en la más remota de las posibilidades, que aquello pudiera ser lo que era.

Y, menos, esconder lo que escondía.

La figura del camello caído se le hizo visible a un centenar de metros.

La del humano casi aplastado por él no lo fue hasta que llegó a su lado.

El camello estaba muerto.

El hombre...

Ashmayd, paralizado por la sorpresa, no pudo reaccionar.

El hombre estaba vivo.

Giró la cabeza al ver la proyección de su sombra.

Le miró a los ojos.

Extendió una mano implorante en su dirección.

Y habló.

—Favor... Ayuda... El cielo te bendiga, hermano... Por favor...

De cómo Ashmayd encontró al hombre que dijo llamarse Garod y, como Benaimed tiempo atrás, también estaba al borde de la muerte

Ashmayd dio un paso atrás.

Y luego otro.

Cuando la realidad logró imponerse a su sorpresa, dio media vuelta y echó a correr, alejándose de allí.

Tenía los ojos desorbitados, el corazón le latía violentamente en el pecho y le dolía la cabeza igual que si una repentina tormenta de arena se hubiese desatado en ella.

Oyó la voz de aquel hombre:

—¡Eh! ¡Socorro!

Nada le detuvo, y corrió hasta caer agotado, rendido, más por el choque emocional que por el cansancio, a un centenar de metros del lugar de los acontecimientos.

—No es posible... ¡No! —se dijo alucinado.

Otro herido. Otra decisión. Otro problema.

Ashmayd jamás se había sentido tan mal como cuando había descubierto que Benaimed no era digno de su noble gesto al salvarle. Sin embargo, en ese momento se sentía todavía peor.

—¡Yo me fui del mundo para ser libre aquí! —le gritó al cielo—. ¡Yo dejé las banalidades terrenales para no tener que tomar decisiones, para no ver la maldad humana, para no enfrentarme al juicio de los hombres y, así, evitar ser como ellos! ¿Por qué, pues, he de pasar por estas pruebas que me devuelven a una realidad de la que nada quiero saber? ¿Es éste el precio de mi desengaño?

No había nubes. Todo era silencio. Un día como cualquier otro en los confines del Gran Desierto.

Intentó no mirar en dirección al camello muerto bajo cuyo peso estaba el hombre herido.

Pero inevitablemente acabó haciéndolo.

No podía dejarle así. Más piadoso sería rematarle. Pronto aparecerían las alimañas y las aves de presa, que ni siquiera esperarían a su muerte para devorarle, arrancarle los ojos y picotear su carne.

Ashmayd dejó caer la cabeza sobre el pecho.

Aquella compasión...

Tan humana.

—¿Qué he hecho yo para merecer este castigo? —volvió a preguntarle al cielo.

Tal vez fueran sus pasadas culpas, sus muchos pecados, su vida anterior pasando factura. O tal vez su propio desasosiego, que atraía la mala suerte como la miel a las abejas.

Lo cierto es que estaba allí.

Aquel hombre herido, muerto de miedo y enfrentándose al fin.

Ashmayd tomó una decisión. No fue inmediata. Casi una hora después de haber dado con el moribundo, y tras haber meditado mucho, volvió a acercarse a él, paso a paso, despacio, sin hacer ruido. Primero alcanzó a divisar la panza del camello caído. Después atisbó al otro lado. El hombre no se movía. Creyó que ya estaba muerto, pero no era así. Respiraba.

Frente a sí mismo, tenía un pergamino escrito con su propia sangre. La pluma de ave aún estaba entre sus dedos, y el pergamino, a merced del primer viento que se levantara al anochecer. Despacio, sin apenas respirar, con los pies rozando el suelo, alcanzó el pergamino con la mano y se apartó para leerlo.

Decía así:

Yo, Garod, en la hora de mi muerte, pido al cielo que mi esposa y mis hijos tengan una vida plena y entregada a la bondad. Que sepan que mi último pensamiento fue para ellos y que no me olviden mientras vivan, pues un ser humano sigue vivo en la medida en que los demás le recuerdan.

Con estas líneas al final de mi existencia, y para llegar puro al Gran Encuentro Celestial, perdono también al bandolero que, habiendo podido salvarme, me ha dejado morir y esperará a mi muerte para robarme mis escasas pertenencias. Todo hombre tiene una Oscuridad en su interior. Para algunos, ella es inferior a la Luz. Para otros, superior. Ese hombre que pudo ayudarme no lo ha hecho. Su Oscuridad es, pues, plena. Pero no quiero morir lleno de odio y resentimiento. Puede incluso que esta carta la lleve él a su destino y así se redima.

Firmaba: *Garod.*

Ashmayd se dejó caer al suelo de rodillas, con el pergamino sujeto firmemente entre las manos.

De cómo Ashmayd también ayudó al hombre llamado Garod, motivado más por su compasión que por todos sus recelos

EL tal Garod era, sin duda, un buen hombre. Se había equivocado con Benaimed, pero Garod... ¿Qué hombre malvado piensa en su esposa y en sus hijos a la hora de la muerte? ¿Qué hombre malvado perdona a quien ha podido salvarle y no lo ha hecho?

Aun así...

También Benaimed había sido bueno, o lo había intentado. Pero su bondad trajo la desgracia y la penuria al Viejo Reino.

Tenía que decidir otra vez.

No quería, pero así era.

Y si Garod vivía, de nuevo la responsabilidad de sus actos recaería sobre él.

Tuvo tentación de marcharse, como la vez anterior, ignorando no ya el hecho en sí, sino la carta escrita con sangre. Tuvo tentación de quedarse para, cuanto menos, dar una digna sepultura al cadáver. Tuvo tentación de...

Muchas tentaciones, demasiadas.

Pero sin saber apenas cómo, mordiéndose el labio inferior hasta sangrar, apretando las mandíbulas, acallando la tormenta de voces de su cerebro y con los ojos fijos en el moribundo, comenzó a sacarle de debajo del camello.

Ashmayd lloraba impotente.

—El cielo me ayude y me dé fuerzas para soportarlo —gimió.

El Gran Desierto ya no bastaba para ocultarse en él.

Iría más lejos, allá donde el ser humano jamás hubiese puesto un pie.

Garod lanzó un gemido de dolor.

Tenía la pierna rota. El camello, al caer, víctima de algún extraño colapso, le había aplastado la pierna izquierda. La sangre, sin embargo, no provenía de esa rotura, sino de algunas heridas leves producidas al chocar contra el suelo. Ashmayd puso al hombre boca arriba y palpó el miembro machacado hasta dar con el hueso quebrado. Tenía cierta práctica, así que no fue difícil estirarle la pierna para lograr que se recompusiera.

Garod emitió un grito espantoso y, aunque

abrió los ojos un instante, acabó perdiendo de nuevo el conocimiento.

Luego, Ashmayd le entablilló la pierna, utilizando para tal fin los aperos de la montura del camello. Fue un buen trabajo, realmente profesional. A la caída del sol, Garod permanecía inconsciente, pero ya libre del fantasma de la muerte. Y a su lado, Ashmayd volvía a ser un volcán en erupción.

De cómo Garod volvió a la vida
y no halló en Ashmayd la menor muestra
de satisfacción por su buena acción

AL anochecer del siguiente día, Garod volvió en sí.

Abrió los ojos y vio el camello, muerto. Y a su lado, a Ashmayd, comiendo su ración de dátiles con la vista perdida en la lejanía.

Las últimas brumas de su inconsciencia quedaron rápidamente atrás.

—¿Quién eres? —quiso saber.

Ashmayd no le respondió.

—¿Vas a... matarme? —preguntó Garod.

Ashmayd giró la cabeza para mirarle. Esta vez sí le habló:

—¿Te habría salvado primero para matarte después?

Garod vio entonces su pierna entablillada, el odre de agua y las telas con las que el hombre del desierto le había mantenido húmedo y fresco a lo largo del día.

—Gracias —dijo.

Ashmayd volvió a su hermetismo.

—He tenido un sueño —suspiró Garod—. Te he visto acercándote a mí, y luego... desaparecías, dejándome a mi suerte. Es raro, ¿verdad? Tú me has salvado. Y, por otra parte, ¿quién haría algo así?

Mientras hablaba, miró a su alrededor, como si buscara algo. Lo encontró. Era el pergamino escrito con su sangre en la hora de la muerte. Extendió una mano, lo alcanzó y lo leyó. Una vez hecho esto, volvió a mirar a Ashmayd.

—¿Por qué no me ayudaste la primera vez?

—¿Qué importa eso? —musitó un desfallecido Ashmayd.

—¿Huyes de algo?

—Sólo del mundo, y de los hombres como tú.

—No me conoces. No puedes saber cómo soy.

—Oh, sí lo sé —sonrió sin ganas Ashmayd—. Te crees un buen hombre. Probablemente seas un buen hombre. Tienes esposa e hijos. Tienes un corazón piadoso. Pero eso no significa nada. Tal vez el desierto te haya vuelto loco y desde ahora cambies, convirtiéndote en un ser cruel y despiadado. O tal vez, de bueno que llegues a ser, alcances el mayor grado de inconsciencia posible, y la bondad de tus actos se vuelva contra aquellos a los que van destinados. Incluso puede que cuando estés bien, un día, por accidente, hagas daño a otra persona. Y, en tal caso, ¿de quién será la culpa? ¿Tuya? ¿Del destino? No, caminante, no —Ashmayd movió la cabeza de un lado a otro—. La culpa será mía, por haberte salvado de la muerte. Por haber interferido en...

—Si estabas aquí es porque tú formas parte de mi destino. ¿No lo ves?

—Yo soy un accidente.

—No es verdad. Estaba escrito que teníamos que encontrarnos.

—Eres un iluso —se burló Ashmayd—. Pero da igual. Me pasó una vez y me ha vuelto a pasar ahora. Y puede que se repita, así que... —se encogió de hombros y repitió—: da igual.

Garod no creía haber visto jamás tanto desaliento, tanta pesadumbre, tanto dolor constreñido a un solo ser humano. El herido era él, pero sintió una infinita pena por su salvador.

—No conozco tu historia —dijo—, pero adivino por tu semblante que debe ser muy triste.

—No lo sabes tú bien —afirmó Ashmayd.

—¿Quieres contármela?

—No.

—¿Te interesa escuchar la mía?

Había rehuido su mirada, abatido, pero ahora se enfrentó a sus ojos. ¿Le interesaba? Probablemente, no. Sin embargo, le había salvado, y eso creaba una vez más un vínculo. Por si fuera poco, deberían permanecer juntos varios días, hasta que le pudiera llevar a un lugar seguro. Conocerle sería mucho mejor que ignorarle.

Aunque podía matarle y dejarle en el desierto.

Matarle para liberarse de su futuro, ¡y al diablo la conciencia o su compasión!

—De acuerdo —se rindió Ashmayd finalmente—. Cuéntame tu historia.

Y Garod se dispuso a hacerlo.

De cómo Garod le contó a Ashmayd
la historia de Yerusok, el solitario hombre
de la estepa

—Yerusok vivía en el corazón de la Gran
Estepa, con la única compañía, desde la muerte
de su esposa, de su hijo, Faygal.

—¿Yerusok? —le detuvo Ashmayd—. Creía
que era tu historia.

—Ten paciencia, te lo ruego.

—Está bien. Adelante.

—La esposa de Yerusok había muerto tenien-
do su hijo Faygal unos pocos meses. La pobreza
había sido la causa. Las tierras de la estepa eran
míseras, y si un año no había lluvias, apenas si
daban para su sustento. Por ello, a medida que
Faygal crecía, más y más odiaba su condición
humilde, hasta que aquella circunstancia le impidió ser feliz. Su padre lo sabía, y le veía crecer
comprendiendo que, tarde o temprano, Faygal se
iría en busca de mejores oportunidades.

—Faygal se marchó, es evidente.

—Lo hizo —convino Garod—. La adolescencia acababa de brotar en él como una fruta jugosa cuando se despidió de su padre y emprendió el camino. Antes de hacerlo, Yerusok le entregó su único tesoro, una simple moneda, la misma que antaño le había dado su padre a él. Aquella moneda estaba destinada a ser una ayuda decisiva en caso de un gran apuro.

—¿Por qué no la había utilizado Yerusok para salvar a su esposa?

—¿Vas a interrumpirme mucho? —protestó Garod—. La esposa de Yerusok había muerto sin darle tiempo de poder hacer nada. ¿No te he dicho que vivían solos en la Gran Estepa, lejos del mundo, como tú en este desierto? ¿Puedo seguir? —y al ver que Ashmayd callaba, lo hizo—. Sin embargo, Faygal rehusó la moneda que le tendía su padre. Le dijo: «Quiero partir de cero, y puede que a ti te haga falta algún día». El padre, al oír esto, temió que su hijo no regresara jamás. Pero éste le tranquilizó. Le aseguró que regresaría, que un día le vería llegar por el camino de Oriente y sentarse a la mesa para tomar el plato de sopa con el que su padre le recibiría. Dicho esto, los dos se abrazaron, y Faygal partió rumbo a su destino.

—¿Regresó?

—El primer día que Yerusok pasó solo fue el más penoso de su vida. La primera semana, la más terrible. El primer mes, el más duro. El primer año, el más largo. Cada día, al salir el sol, Yerusok preparaba un tazón de sopa y lo ponía sobre la mesa. Tras ello, atendía el campo y los animales, mirando de tanto en tanto al camino de Oriente con la esperanza de ver aparecer por él a su hijo. Ningún día dejó de preparar aquel tazón de sopa. Ningún día dejó de mirar al camino. Así, poco a poco, el tiempo fue pasando inexorable, y los días, las semanas, los meses, los años se amontonaron en el recuerdo dolorido de Yerusok. De esta forma pasaron cuatro lustros.

—¿Veinte años aguardando el regreso de su hijo?

—Un día apareció alguien en lo alto del camino de Oriente. A Yerusok se le encogió el corazón. El sol le daba en los ojos, así que no podía ver si se trataba de su hijo. Esperó temblando hasta tenerlo delante. Pero no era Faygal, sino un joven desconocido para él. Tan joven que incluso se parecía a Faygal. Le dijo que se llamaba Mayarik, y al ver el tazón de sopa en la mesa le pidió que se lo diera, pues estaba muerto de hambre. «No, no puedo darte lo que me pides»,

respondió Yerusok. «Este tazón y lo único que poseo, una moneda, son para mi hijo, que un día partió en busca de fortuna y ha de volver como prometió. Imagínate que ese día sea hoy...». El llamado Mayarik expuso entonces: «Si tu hijo marchó hace mucho y hubiese hecho fortuna, ya habría regresado. Y en el caso de que no la hubiese hecho, también. ¿Por qué sigues, pues, esperando?».

—Acertada deducción —repuso Ashmayd.

—A Yerusok también se lo pareció. Se echó a llorar y, compasivo, le dio a Mayarik el plato de sopa y algo más: la moneda. Luego le dijo: «Tienes razón. Ahora sé que mi hijo está a punto de regresar. Si lo hace rico, no necesitaremos la moneda. Y si lo hace pobre, no querrá volver a marcharse de aquí y tampoco nos será necesaria. A ti, en cambio, te irá bien para comenzar tu fortuna. Así que vete, porque he de preparar un nuevo tazón de sopa para Faygal, no sea que aparezca de un momento a otro».

—Un buen corazón, aunque algo ingenuo —dijo Ashmayd.

—No juzgues —le recriminó Garod antes de continuar—. Mayarik se marchó con la moneda, y para Yerusok comenzó una nueva espera. Tan confiado estaba en el regreso de Faygal, que aquel día no trabajó, ni lo hizo aquella semana; pero después... El tiempo volvió a transcurrir inexorable: pasaron más días, más semanas, más meses y más años. Otros cuatro lustros, para ser exactos. Y ni un solo día dejó Yerusok de preparar su tazón de sopa para el regreso de Faygal. Ni uno solo. Hasta que una mañana...

—¡Regresó! —exclamó excitado Ashmayd.

—Ciertamente: regresó —convino Garod—. Por el camino de Oriente y con ropas que mostraban su posición acomodada. Cuando su padre le vio, los dos se abrazaron llorando y, después, Faygal se sentó a la mesa para tomar su tazón de sopa. Entonces le dijo a su padre que había hecho fortuna de forma honrada, y que era rico. El padre le preguntó si también era feliz, a lo que Faygal no respondió, pero su mirada se perdió en el horizonte. Un rato después, le dijo a Yerusok: «Todo en la vida me ha sido fácil, padre. A los pocos días de irme, conocí a la más hermosa de las muchachas y la hice mi esposa. Con ella tuve un hijo varón que colmó mi hogar de felicidad. El trabajo me impidió, sin embargo, disfrutar de ese bien. Obligaciones y más obligaciones me retuvieron al frente de mis negocios. Ni siquiera me di cuenta de lo rápido que pasaba el tiempo, hasta que un día mi hijo me dijo que quería seguir mi ejemplo y marchar en pos de fortuna. Le dejé partir, orgulloso, y él me aseguró que volvería, pero... no lo hizo. Cada amanecer y cada anochecer, subía a la torre más alta de mi palacio para otear los cuatro puntos cardinales. Y mientras pensaba en la promesa de mi hijo, pensaba también en la que te hice a ti y no cumplí. Pero no podía irme, tenía miedo de que, estando fuera, regresara mi propio hijo... Un día comprendí que si mi dolor era insoportable después de veinte años sin él, el tuyo sin mí después de cuarenta debía de ser aún peor. Por eso he vuelto, padre. Y te pido perdón por mi tardanza». Yerusok dijo entonces: «Sabía que regresarías; no me quedaba la menor duda, pasara el tiempo que pasara». Y Faygal repuso: «También yo estaba seguro de que volvería mi hijo». «Sin embargo, ¿ahora no crees que vuelva?», preguntó Yerusok. «Sé que lo hará, padre. Estoy seguro. Por ello debo partir de inmediato, para estar en casa cuando lo haga. Temo que si no me encuentra, vuelva a irse. He viajado toda la noche, y partiré al amanecer de nuevo», manifestó Faygal.

Garod se detuvo para tomar aliento. Creía que Ashmayd diría algo, arrastrado por la magia de la historia, pero esta vez se equivocó. Su oyente estaba absorto.

—Yerusok y Faygal hablaron todo el día, especialmente el segundo narrando su vida paso a paso —continuó Garod—. Al llegar la noche, pese a lo mucho que deseaba el hijo continuar con la conversación, no pudo evitar quedarse dormido, a causa del agotamiento y de la paz que reinaba en su ánimo. Por el contrario, su padre no lo hizo. Permaneció junto a él velando su sueño. Y al amanecer, antes de despertarle, sucedió algo. Algo increíble.

—¿Qué?

—Abrió la puerta de su casa para permitir la entrada de la luz del sol y allí, ante él, apareció un hombre. Un hombre del que vagamente recordaba Yerusok sus rasgos, pues sólo le había visto una vez, veinte años antes.

—¿Mayarik? —se extrañó Ashmayd.

—Cierto: Mayarik —convino—. Aquel muchacho al que había entregado su única moneda. Y lo primero que hizo el recién llegado fue preguntarle si su hijo había regresado. Yerusok le dijo que sí, y que había hecho fortuna. Mayarik dijo entonces: «Me alegro por ti, pero lo cierto es que venía a devolverte aquella moneda, y muchas más, por si tu hijo aún no había regresado. Gracias a ella yo también hice fortuna, y te lo debo a ti. Sólo siento no poder quedarme. Tengo mucha prisa. Yerusok le preguntó el motivo de esa prisa, y Mayarik dijo: «Yo también le prometí a mi padre regresar un día, y todavía no lo he hecho. Pero antes de ir a reunirme con él, pensé que tú eras más anciano y que te debía algo. Éste es, pues, el motivo de que..

—¿Cómo se llamaba...? —le interrumpió Ashmayd, abriendo unos ojos como platos.

—Ésa fue la pregunta que le hizo Yerusok a Mayarik, pero de la que no llegó a obtener respuesta, pues en ese instante se abrió la puerta de la habitación y Faygal apareció por ella. Los dos hombres, el hijo de Yerusok y el visitante, se miraron apenas una fracción de segundo. Entonces, Faygal exclamó: «¡Hijo!». «¡Padre!», exclamó Mayarik. Y en el momento de abrazarse, emocionados, todo se hizo claro, evidente, y miraron también a Yerusok con amor.

De cómo Ashmayd llevó a Garod
hasta la civilización, y de nuevo regresó
al Gran Desierto envuelto en sus
zozobrantes dudas

Ashmayd estaba emocionado con la historia. Y no le gustaba emocionarse. Hizo lo posible por mantener la serenidad y bajar el nudo albergado en su garganta. Para ello dijo:

—Si Yerusok no le hubiese dado aquella moneda a su nieto, él tal vez no habría hecho fortuna, y jamás habría regresado.

—Cierto —dijo Garod.

—Y yendo a ver a su abuelo, aun sin saber que lo era, antes que a su padre, Mayarik demostró tener un gran corazón.

—Aún más cierto — repuso Garod.

Ashmayd le miró fijamente.

—¿Me estás diciendo que el destino nunca es imprevisible, sino que mueve sus fichas de manera precisa aunque a nosotros nos parezca absurdo?

—Tal vez.

—Te has inventado esta historia, ¿verdad? Lo has hecho para que no me arrepienta de mi acción y acabe abandonándote en el desierto.

—No me he inventado la historia —dijo Garod—. Yo soy hijo de Mayarik, nieto de Faygal, bisnieto de Yerusok. Pero sí es cierto que te la he contado para liberarte, en lo posible, del peso de tus dudas y la carga que ahora soportas. Si estás aquí, en el Gran Desierto, solo, tendrás tus razones. Sin embargo, todos somos humanos. Eres una buena persona, y no has de ser responsable de mis actos, buenos o malos. Sólo de los tuyos. Debes aprender eso, o no podrás vivir en paz.

—No vivo en paz —reconoció Ashmayd.

—¿Por qué?

Estuvo tentado de contarle su experiencia con Benaimed.

Muy tentado.

Pero no lo hizo.

Muy al contrario, al pensar en él, se inundó de nuevo de malestar e inquietud. Y ello dio paso a su habitual hermetismo. Tanto y de tal forma, que Garod ya no logró extraer de sus labios una sola palabra más aquella noche.

Ni prácticamente en los días siguientes.

Días en los que Ashmayd cuidó de Garod y le ayudó a recuperar sus fuerzas, y también a caminar, aunque su avance a través del desierto era muy lento, tanto que a veces Ashmayd cargaba a Garod sobre su espalda para avanzar un poco más rápido.

Para su suerte, no estaban en lo más profundo del Gran Desierto, como cuando había hallado a Benaimed, sino cerca de la frontera. Y de la ruta de las caravanas.

Un anochecer, divisaron a lo lejos las fogatas de un campamento.

Y Ashmayd se detuvo.

Era el fin de su viaje.

—¿Podrás llegar hasta allí tú solo? —le preguntó a Garod.

—Podré.

—Entonces, vete, y que el cielo guíe tus pasos.

—Espera —le detuvo, pues Ashmayd ya había dado media vuelta para irse, sin despedirse de él—. ¿Por qué no vienes conmigo?

—No quiero saber nada del mundo —pensó en Benaimed—, ni de nadie.

—¿Vas a vivir torturado?

—No es tu problema.

—Sí lo es, pues me siento responsable.

—¿Comprendes ahora mi zozobra? —brillaron los ojos de Ashmayd.

—Está bien —aceptó Garod—. Te aseguro que nunca te olvidaré.

—¿Puedo hacerte una pregunta?

—Sí.

—¿Qué hacías en el desierto?

—Venía de ver a mi bisabuelo, Yerusok, que sigue en su casa de la Gran Estepa, aunque ahora sus tierras son fértiles y rebosan agua y vida. Quise ahorrar camino internándome por el desierto, para llegar antes a mi hogar, y ya ves lo que pasó.

—El camino más corto no es siempre el mejor.

—Nunca sabemos qué es mejor o peor antes de hacerlo.

—Adiós, Garod —se despidió Ashmayd.

—Adiós, amigo —se despidió Garod.

Ashmayd se alejó de su lado, y, en efecto, desde aquel mismo instante, a cada paso que daba de regreso a su desierto, el peso de su carga le aplastaba más y más.

De cómo Ashmayd naufragó de nuevo bajo el peso de sus sentimientos y tomó la decisión de volver al Viejo Reino

POR segunda vez, Ashmayd se volvió loco.

De tanto pensar.

De tanto imaginarse lo peor.

Trataba de darse ánimos.

—Una vez salió mal. Seguro que ésta ha ido bien. Es la ley de las probabilidades. Unas veces sale cara y otras sale cruz.

Pero ¿quién le aseguraba que la moneda no había caído del mismo lado otra vez?

Por lo general, la parte más negativa de sus pensamientos era la que se apoderaba de él.

—Habrá vuelto iluminado, lleno de bondad por su experiencia en el desierto. ¿Era rico? Pues habrá dado su dinero a los pobres, y éstos, felices por su suerte pero deslumbrados ante lo inesperado de la misma, no habrán tenido medida, serán unos desgraciados y ya sabrán que el dinero no da la felicidad. ¿Y si los de aquella caravana eran traficantes y le han mantenido secuestrado para pedir un rescate que habrá sumido en el dolor a su esposa e hijos? ¿Y si han depuesto a Benaimed y ahora Garod ocupa su lugar con las mismas debilidades del primero? ¿Y si todo era mentira, comenzando por su historia, y no se trataba más que de un despiadado asesino? ¡Aún habré tenido suerte de ser pobre y no tener nada que valiera la pena, o me habría degollado!

Cuanto más peregrinas eran las ideas y las sospechas que le asaltaban, más crecía su miedo, y algunas noches tenía pesadillas que cobraban forma sobre la arena; veía visiones, espejismos. La fiebre aparecía y desaparecía como una tormenta de arena.

Y así día tras día, semana tras semana, mes tras mes...

Aunque no dejó pasar tanto tiempo como la primera vez.

Como entonces, comenzó a decirse que tenía que saber.

Averiguar.

Antes de que perdiera definitivamente la razón.

Una tarde, en el oasis del norte, al inclinarse

sobre el agua para beber y llenar después su odre, se quedó horrorizado.

La imagen que le devolvía la superficie del agua era la suya.

Pero ni siquiera podía reconocerse.

Los ojos hundidos en las cuencas, la nariz afilada como la daga que llevaba al cinto, los pómulos salidos, los dientes deformes, la mandíbula formando un sesgo dramático. Era como una calavera con un poco de piel encima. Y lo peor no era lo que veía, sino lo que transmitía. Su expresión aterradora.

Fue suficiente.

Se puso en marcha al amanecer.

De regreso al mundo.

Y jurándose que sería la última vez.

De cómo Ashmayd volvió al Viejo
Reino para conocer el destino de Garod...
y, de paso, una vez más, también
el de Benaimed

Lo mismo que en su primer viaje, en busca de noticias de Benaimed, Ashmayd llegó al Viejo Reino después de una larga caminata en soledad. En el trayecto sorteó la ruta de las caravanas, esquivó la presencia incierta de los poblados, le burló incluso su sombra a cuanto humano pudo coincidir con él, y, manteniendo la tensión de su inquietud, alcanzó una mañana muy calurosa la gran ciudad que dominaba el mundo de la Tierra de Fuego. Al atravesar las murallas, convertido en una sombra huidiza que no era sino el reflejo de su extrema delgadez y locura anímica, llevaba el rostro medio cubierto por la tela del turbante. Una mera precaución. Aun así, los cuidadores y vigilantes de la puerta repararon en él, en sus brazos escuálidos y sus piernas igual que cañas, y escuchó las primeras burlas.

—¡Cuídate de los perros, viejo!

—¡Menudo saco de huesos!

—¡El mundo está lleno de gente rara!

Ashmayd se internó por las callejuelas estrechas y abigarradas de gente, directo a la Gran Plaza del Mercado, corazón de la capital. Un niño pequeño lloró al verle pasar; un perro le ladró; una mujer le observó desconfiada. Pese a ello, nadie le vetó el paso. La tolerancia le permitió continuar el rumbo, hasta alcanzar su destino. Al llegar a la plaza le golpeó aquella visión de fuerza y poder, aquella exuberancia humana. Le parecía que acababa de estar allí. Si cerraba los ojos, era como si no se hubiese movido desde la vez anterior. La gente semejaba ser la misma, pues idénticos eran los olores y las voces, los puestos y quienes comerciaban en ellos. Allí cada cual atendía su propio negocio sin fijarse en el vecino, a no ser que ese vecino formase parte del negocio.

Pensó que la animación era mayor.

No encontró ni rastro de aquel hombre ciego, su informante de la otra vez, ni vio mendigo alguno por allí; muy al contrario, todos daban impresión de tranquilidad y satisfacción, así que, inseguro, paseó por entre los puestos que vendían frutas y carnes, aperos de labranza y objetos diversos, con el oído atento por si le llegaban de nuevo las quejas sobre la labor de Benaimed o si, por un mayor azar, alguien mencionaba el nombre de Garod.

Pero todos se hallaban muy ocupados comprando y vendiendo, anunciando y buscando.

Las monedas corrían de mano en mano, los acuerdos se cerraban a la primera de cambio, las sonrisas demostraban la plena satisfacción de las transacciones.

Algo era distinto.

Incluso Ashmayd se dio cuenta.

Aquéllas no parecían ser las mismas gentes descontentas y nerviosas de meses atrás.

Se acercó a un hombre.

—Disculpe, quisiera saber...

El hombre le miró con disgusto.

—¡Será posible! —exclamó—. ¡Un mendigo! Pero ¿todavía hay mendigos? ¿De dónde sales, pobre infeliz? ¡Vamos, vamos, ésta es la tierra de las oportunidades!

Y se alejó de su lado como si no comprendiera su presencia.

Ashmayd parpadeó incrédulo.

Buscó a alguien más amable. Creyó encontrarlo en una mujer que portaba una caja llena de verduras.

—Perdone, señora, acabo de llegar y...

—¡Ya se nota! ¡Ya se nota! —se echó a reír ella mirándole de arriba abajo—. ¡Por todos los cielos! ¿De dónde sales, hombre? Vamos, no tienes más que ir al Centro de Asistencia. Allí te darán una oportunidad, y en dos días... ¿A qué esperas? ¡Ve, ve!

Y ella también se alejó de su lado, como si no acabase de creer qué estaba haciendo alguien como él allí.

Ashmayd se quedó solo.

¿Centro de Asistencia? ¿Una oportunidad? ¿De qué le hablaba aquella mujer?

Sus intentos por establecer contacto con alguien y preguntar por Garod o Benaimed se vieron frustrados tres veces más. Una mujer le dio unas monedas, otro hombre le repitió lo del Centro de Asistencia, y un adolescente le entregó un hermoso pedazo de pan tierno y un trozo de carne sazonada con especias.

Ashmayd no entendía nada.

Salvo una cosa: que allí algo había cambiado.

Algo... o todo.

Llegó a uno de los extremos de la Gran Plaza del Mercado y se sentó en el suelo. El pan estaba

recién hecho, y la carne era muy sabrosa. No
había probado algo tan apetecible en muchos
años. Desde su posición contempló aquella sana
locura. Sus ojos lo recorrieron todo, impregnán-
dose de ello.

Entonces vio el pergamino.

A su espalda.

Un gran pergamino escrito a mano, con pul-
critud, y claveteado sobre un enorme panel, en
el que destacaba por encima de los demás.

Y no sólo por su proclama, entusiasta y en-
cendida.

Sino también por el dibujo del hombre que
sonreía a la comunidad.

Benaimed.

De cómo Ashmayd conoció la sorprendente historia de Benaimed y de Garod en los últimos tiempos

Se puso en pie, se acercó y leyó el texto:

El próximo día séptimo, en el albor de la Luna Llena del cuarto mes, Gran Fiesta en homenaje a nuestro preclaro presidente, el excelso Benaimed. ¡No faltes! ¡Por un feliz día, te esperamos!

A Ashmayd se le doblaron las rodillas.

Era Benaimed, sin duda alguna.

Pero, a diferencia de lo que había ocurrido tiempo atrás, ya no era denostado, sino aplaudido y reverenciado, como lo demostraba aquel anuncio popular.

¿O no?

Sus últimas dudas se despejaron al oír una voz a su lado.

—Qué gran hombre, ¿verdad?

Giró la cabeza. La que había hablado era una mujer menuda, que miraba la imagen de Benaimed con rostro bondadoso y ojos amables. La vio suspirar, llena de sosiego.

—¿Es... Benaimed? —musitó inseguro Ashmayd.

—Pues claro —dijo la mujer—. Benaimed y sólo Benaimed. ¿Acaso puede haber otro como él?

—Pero... —le faltaban palabras. Buscó la mejor forma de decir aquello—. La última vez que estuve aquí, todos aborrecían a ese hombre por su mal gobierno, por sus constantes errores, por su...

Se encontró con la mirada incrédula de la mujer.

—¿Cuánto tiempo has estado fuera, buen hombre?

—Meses —reconoció él—. Muchos meses. Más de un año.

Ella pareció entenderlo.

—Aquello fue en otro tiempo, y hoy nos parece tan lejano que... —se rió de sus propios recuerdos—. ¡Y pensar que estuvimos a punto de echarle mediante una revuelta popular!

—Entonces, ¿ahora es un buen gobernante?

—¿Bueno? ¡Es el mejor! ¡Benaimed es el líder más justo, honrado, trabajador y equilibrado que hemos tenido jamás!

—No entiendo —dijo Ashmayd—. Sus inicios fueron nefastos, nadie estaba de acuerdo con su labor.

—Porque eso fue al comienzo, como bien has dicho, pero después todo cambió. En unos pocos días, cuando nombró primer ministro a Garod, comenzó el gran trabajo, la verdadera...

—¿Garod? —la interrumpió, aún más asombrado.

—¿De dónde vienes? —quiso saber la mujer frunciendo el ceño y mirándole de pies a cabeza.

—Del desierto.

—Pues será del Gran Desierto, porque no imagino ninguna parte de este mundo civilizado que no conozca los nombres de Benaimed y Garod, y mucho menos su perfecta labor en pro del Viejo Reino, sin duda la vanguardia del progreso y la civilización ahora mismo.

—Ese hombre, Garod...

De nuevo no pudo terminar sus palabras.

—Llegó del desierto, como un día Benaimed. Y lo hizo con una pierna rota. Su odisea llegó a oídos del presidente Benaimed, que le llamó a su presencia. Nadie sabe la razón, pero al día siguiente Garod era nombrado primer ministro. Desde entonces, es como si los dos fuesen caras de una misma moneda. La razón y la lógica, la voluntad y el tesón, la honradez y la rectitud.

El equilibrio perfecto. Ahora sabemos que Benaimed era un buen hombre, pero sin capacidad para poner sus ideas al servicio de la comunidad, y probablemente Garod era un gran ejecutivo, pero sin el carisma y la visión de Benaimed. Un hombre solo tal vez no sea gran cosa. Dos hombres juntos pueden ser el mejor de los equipos. Una unidad. El uno sin el otro...

La mujer dejó de hablar al ver que a Ashmayd se le doblaban las piernas definitivamente. Se arrodilló junto a él y, con ternura, le puso una mano en el hombro.

—¿Estás bien? —le preguntó—. ¿Quieres que te lleve a un hospital? Han puesto en marcha un servicio médico gratuito que es único en el mundo civilizado. ¿Quieres un trabajo? ¿Una prestación? ¿Un alojamiento gratuito? No tienes más que pedirlo, buen hombre. El Viejo Reino ya no es un mundo egoísta y falto de valores. Benaimed y Garod nos han inculcado muchas verdades, comenzando por la más importante: que todos dependemos de todos, y nos necesitamos. Sólo unidos seremos auténticamente felices. Pero... ¿por qué lloras? ¿Qué te sucede?

En efecto, Ashmayd estaba llorando.

Jamás se había sentido tan libre en la vida.

De cómo Ashmayd comprendió la verdad, no sólo de sus actos, sino de la condición humana y de su fuerza colectiva

Si tenía alguna duda, la venció en las horas siguientes. Aquella mujer bien podía estar loca, o ser una de las pocas personas del Viejo Reino favorecidas por alguna ley del presidente Benaimed y su sorprendente primer ministro Garod. Sin embargo, uno por uno, los hombres y mujeres con los que consiguió hablar le certificaron la verdad de aquellas aseveraciones. Ni una sola voz se alzó en contra de los dos responsables del gran cambio.

Benaimed era el mejor de los gobernantes.

A su lado, Garod, el mejor de los ejecutores y consejeros.

Dos hombres, un destino.

Dos hombres, una voluntad común.

Por separado, tal vez, ya que desconocía lo que

hubiera podido hacer Garod en solitario, una nulidad. Pero juntos...

El complemento.

Sus dos responsabilidades se habían unido para formar una sola.

Y perfecta en su combinación.

Si no hubiera salvado a Benaimed...

Si no hubiera salvado a Garod...

Si no...

La cabeza de Ashmayd era un torbellino, una espiral liberadora que fluía de dentro afuera, descontaminándole y limpiándole la razón. Tantos meses de tortura, tantas zozobras, tantas incertidumbres, tantos miedos y tantas alucinaciones. Primero, por su compromiso al salvar a Benaimed. Después, por saber que era un mal gobernante y que se había presentado a la elección tras su odisea en el desierto. Segundo, por haber salvado a Garod. Y más con la experiencia anterior. Siempre creyó que había cometido dos errores.

Y no era así.

Porque dos errores nunca hacían un acierto.

Pero una serie de hechos, aparentemente aislados y desconectados entre sí, muy bien podían acabar siendo los eslabones de la más firme de las cadenas.

Como en la historia de Zerbayin. El destino.

Y como en la historia de Yerusok. La lealtad, el amor y el honor de la condición humana.

Al anochecer, Ashmayd se hubiera puesto a cantar y a bailar, a gritar y a beber hasta perder la razón. No lo hizo porque seguían en él sus normas, su disciplina, y ellas no habían cambiado. Pero tal era su estado de ánimo.

Feliz.

Como jamás lo había sido antes.

Y no sólo por haberse liberado de sus fantasmas.

Sino por haber comprendido tantas y tantas cosas, desde la razón de la compasión hasta la fuerza del instinto en todo ser humano.

De no haber sido porque su mundo era ya el desierto, tal vez habría vuelto para formar parte, de nuevo, de esa condición humana.

Esta vez, sin embargo, no iba a marcharse con resquemor.

Lo haría con la conciencia tranquila.

Volvió a comer aquel pan tan tierno, frutas, carne, pescado, y pasó la noche en una cama, una cama de verdad. Por la mañana, salió temprano de aquel centro asistencial donde muchos peregrinos loaban la bondad de las leyes del Viejo Reino. Iba a volver al desierto, a su casa. Sus pies parecían volar, lo mismo que su ánimo. Sonreía.

Al pasar por el Arco de Bienvenida, la plaza de la ciudad en la que se alzaba el Palacio del Gobierno, escuchó un griterío impresionante que le obligó a apartarse unos metros de su rumbo. Comprendió al momento aquella explosión de alegría al ver en una balconada del palacio a dos hombres que conocía bien.

Benaimed y Garod.

Saludaban desde ella a la multitud congregada abajo.

Tenían buen aspecto.

Dos hombres de bien, con un compromiso global, firme, y dispuestos a llevarlo a cabo.

Ashmayd tuvo una tentación.

Su última tentación.

Ir a verlos, presentarles sus respetos. Celebrar con ellos el éxito.

Desistió al mismo tiempo que la idea nacía en su mente.

Benaimed y Garod querrían que se quedara, querrían que olvidara el desierto, querrían...

¿Y si le ofrecían un puesto en el Gobierno?

Dos, un acierto. ¿Tres?

Ashmayd echó a correr.

No dejó de hacerlo hasta atravesar las puertas de la muralla.

No dejó de hacerlo hasta dejar muy, muy atrás el Viejo Reino.

No dejó de hacerlo, casi, hasta que un tiempo después llegó al Gran Desierto.

La última persona que juró haberle visto, un niño muy pequeño llamado Ashim, afirmó toda su vida que el viejo loco sonreía muy feliz.

Índice

Prólogo: ASHMAYD

Libro primero: BENAIMED

Libro segundo: GAROD

EL BARCO DE VAPOR

SERIE ROJA *(a partir de 12 años)*